363

Épître au roi

ÉPITRE AU ROI.

DE L'IMPRIMERIE DE LACHEVARDIERE FILS,
RUE DU COLOMBIER, N. 30, A PARIS.

ÉPITRE AU ROI,

A L'OCCASION

DE LA NOUVELLE ANNÉE,

SUIVIE DE

L'HÉROIDE DE SAPHO A PHAON,

IMITÉE DE L'ODE,

PAR ACARRY.

Présentées à Sa Majesté

Par M. le duc de Duras.

A Paris,

CHEZ LES MARCHANDS DE NOUVEAUTÉS.

1827.

Épître au Roi,

A L'OCCASION DE LA NOUVELLE ANNÉE.

———

Dans ces jours fortunés où la France en ivresse
Te prouve son amour par sa vive allégresse,
Charles, daigne permettre à ma timide voix
De chanter le bonheur de vivre sous tes lois.
Le malheur t'est connu; mais, grand dans l'infortune,
Tu ne fis pas entendre une plainte importune,
Lorsque des forcenés, semant partout le deuil,
Offraient à la vertu l'opprobre ou le cercueil;

Quand d'affreux assassins, se livrant à leur rage,
Trempaient dans un sang pur les fers de l'esclavage,
Et, partageant entre eux le pouvoir souverain,
Parlaient de liberté le poignard à la main.
Mais détournons les yeux de ces scènes horribles,
Et, portant nos regards sur des temps plus paisibles,
Voyons de saint Louis le trône reconquis,
Et le Français placé sous l'égide des lis.
Heureux, cent fois heureux le jour où ta présence
Du Français accablé ranima l'espérance ;
Éloigné de nos murs, tu régnais dans nos cœurs,
Et dès que tu parus cessèrent nos malheurs.
Soudain, à ton aspect, on vit sur notre plage
Les douceurs de la paix succéder au carnage :
Ton premier mot, grand roi, fut celui de pardon ;
A ce mot généreux on connut un Bourbon.
Plus tard, dans les combats, de victoire en victoire,
L'héritier de ton nom s'illustre par la gloire ;
D'un auguste captif faisant tomber les fers,
Il sait par cent exploits étonner l'univers :
Guerrier sans cruauté, généreux sans faiblesse,
Du vaincu qu'il soumet il gagne la tendresse ;
Et les murs de Cadix et le Trocadéros
Attestent les hauts faits de ce vaillant héros.
Ainsi l'on vit toujours ta race vénérée
Sur le bonheur du peuple arrêter sa pensée,
Du pauvre vertueux se montrer le soutien,
Et ne paraître rois que pour faire le bien.

Charles, de tes aïeux tu nous offres l'image,
Et l'Europe étonnée admire ton ouvrage.
Le malheureux qui souffre en appelle à ton cœur,
Et d'un mot, ô mon roi, tu calmes sa douleur.
Près de toi l'orphelin retrouve un tendre père,
Ton noble cœur palpite aux larmes d'une mère ;
Et de l'humanité suivant la douce voix,
Tu fais chérir ton règne et respecter les lois.
Quant à ceux qu'un instant a pu rendre coupables,
Lorsque du repentir ils se montrent capables,
Et qu'aux pieds des autels, déplorant leurs malheurs,
Ils viennent abjurer de coupables erreurs,
Par de nombreux bienfaits ta royale clémence
Fait naître dans leur cœur une douce espérance.
Charles sait pardonner et ne sait point punir.
Du peuple qui l'adore il charme l'avenir.
Du culte du vrai Dieu tel est le bien suprème,
Il rend plus grand encor l'éclat du diadème,
Et son charme puissant fait paraître à nos yeux
De la religion le flambeau radieux :
Telle on voit du soleil l'éclatante lumière
Répandre ses rayons sur la nature entière.
O France ! ô ma patrie ! en ce jour solennel
Fais monter ta prière aux pieds de l'Éternel :
Oui, du Dieu tout-puissant nous pouvons tout attendre ;
Mais il sait du pervers anéantir la cendre.
Jette sur nous, grand Dieu, du céleste séjour,
Un regard de bonté, de tendresse et d'amour.

Et toi, prince chéri, doux espoir de la France,
Digne sang des Bourbons, comble notre espérance,
Et tes heureux sujets, vivant en liberté,
Transmettront tes vertus à la postérité.

HÉROÏDE
DE SAPHO A PHAON.

Héroïde

DE SAPHO A PHAON.

A l'amour dont ces vers vont te peindre l'ivresse,
Tu pourras deviner la main de ta maîtresse ;
Mais au récit touchant de ma juste douleur,
Phaon, en pourrais-tu reconnaître l'auteur
Si tu n'y rencontrais le nom de ton amante ?
En vain de ses regrets ta Sapho se tourmente :
Ah ! ne sois pas surpris si mon cœur attristé
Ne sait plus de l'amour peindre la volupté.
Les accents qu'autrefois je tirais de ma lyre
Respiraient la gaîté, l'ivresse du délire,

Mais à mon infortune ils ne conviennent plus,
Alors que mes soupirs sont vains et superflus.
La jalousie, ingrat, vient déchirer mon âme,
De son poison mortel je sens la vive flamme.
Mon cœur, livré sans cesse à des feux dévorants,
Tel qu'un ardent brasier agité par les vents,
Allume dans mon sein un volcan plus terrible
Que le brûlant Etna dans son abîme horrible.

Mon luth abandonné languit baigné de pleurs ;
Ah ! qu'il chante, s'il veut, l'auteur de mes douleurs.
Il trahit ses serments, la fortune l'enivre ;
Je brûle pour lui seul, sans lui je ne puis vivre.
La belle Anactorie et la blonde Cydno,
Athis lui-même, Athis, n'occupent plus Sapho.
Les filles de Pyrrha, celles de Méthymnie,
N'entendront plus, hélas ! ma touchante harmonie ;
Je dédaigne à présent leur austère beauté
Dont l'éclat enchanteur causait ma volupté.

Phaon, méchant Phaon, de l'aimable jeunesse
Tu possèdes les traits, mais non point la tendresse ;
Tu fais naître l'amour, tu n'en sens pas les feux ;
Ton cœur indifférent se rit de mes aveux.
Il est cruel, pour qui ? pour Sapho qui t'adore,
Pour Sapho, dont l'amour mépriserait encore
Et le jeune Céphale, et le dieu de Naxos,
Le brillant Apollon, les beautés de Lesbos.

De la divinité si tu veux les offrandes,
Dans quel temple faut-il suspendre mes guirlandes ?
Qui méconnaît l'amour et sa félicité
Ne peut jamais prétendre à l'immortalité !
Tous les dieux ont aimé, mais les nymphes heureuses
Ne savaient émouvoir de leurs voix amoureuses :
Seule, je sens, dépeins et chante mon amour.

Il est vrai que le ciel, en me donnant le jour,
Ne m'a pas accordé la beauté passagère,
Qui paraît et s'enfuit comme une ombre légère ;
Mais si mon teint n'a pas le doux éclat du lis,
Le fils d'un immortel ne s'est-il pas épris
D'une jeune beauté née en Éthiopie ?
Si ma taille est petite, au moins par mon génie,
Le langage amoureux dont j'anime mes vers
Fait retentir mon nom dans l'immense univers.
Va, de tous mes talents si je parais jalouse,
C'est pour en décorer le nom de ton épouse.
Dis-moi quelle est la nymphe assez belle, Phaon,
Pour recevoir ta foi, pour mériter ce don ?
Un cœur qui sait aimer, une âme généreuse,
Ne peuvent-ils suffire à ta flamme amoureuse ?

Tu disais autrefois : (et tu me trahissais !)
« Mon amour pour Sapho ne finira jamais. »
En ces jours fortunés, je me suis crue aimée,
Mon âme à ce bonheur était accoutumée.

Te souvient-il Phaon de ces moments chéris
Où d'être aimé de moi tu sentais tout le prix?
Par des baisers de feu ta bouche demi close
Arrêtait mes soupirs sur mes lèvres de rose :
« Sapho, me disais-tu, Sapho, je meurs d'amour! »
Et tes transports brûlants me dérobaient le jour.

Maintenant, loin de toi, je gémis solitaire,
Au fond de la Sicile, ingrat, tu sais trop plaire.
O nymphes de Lesbos, renvoyez-moi Phaon;
Graignez, ainsi que moi, son perfide abandon :
De discours mensongers il cherche à vous corrompre;
Et forme auprès de vous des nœuds qu'il vient de rompre.
Gardez-vous d'écouter son langage trompeur,
Il me doit son amour, je réclame son cœur.

Déesse de Paphos, qui vois couler mes larmes,
Hélas! pour mon amant n'ai-je donc plus de charmes?
Me faut-il renoncer au bonheur de le voir !
Au printemps de mes jours, et je n'ai plus d'espoir !
Dès l'âge de six ans je regrettais mon père ;
Déjà mes pleurs baignaient le tombeau de ma mère.
Hélas! quand je perdis les auteurs de mes jours,
Que n'ai-je aussi perdu mes brûlantes amours !
Un frère me restait, bientôt il me délaisse,
Craignant d'abandonner l'impudique maîtresse
Dont le cœur corrompu, mais plein d'ambition,
Lui fait au poids de l'or payer sa passion.

De son fatal amour, imprudente victime,
Par des crimes nouveaux, cachant un premier crime,
Il cède avec fureur à ses transports jaloux,
Et veut du dieu des mers affronter le courroux.
Les grâces de ma fille embellissaient ma vie,
L'impitoyable mort bientôt me l'a ravie.
Ainsi de toutes parts l'inflexible destin
Se plut à m'accabler de peine et de chagrin.
Mais je te vois, Phaon, et mon âme enflammée
S'abandonne à l'ardeur dont elle est consumée.
Je croyais à l'amour que tu me promettais,
Et sur tes vains serments, perfide, je comptais.
Ni les plis somptueux de la soie éclatante,
Ni l'or ni les parfums n'ornent plus ton amante :
Ce n'était que pour toi que Sapho se parait,
Mais depuis ton départ tout éclat lui déplaît.

Ingrat, vois les tourments où ta fuite me livre :
Hélas ! à tant de maux je ne pourrai survivre.
Ma raison égarée en vain parle à mon cœur :
Gémis, pauvre Sapho, gémis sur ton erreur.

En dévidant le fil, la parque trop cruelle
A fait naître en mon cœur une flamme éternelle.
Ce cœur est imprégné des traits de Cupidon ;
J'aime, que dis-je, hélas ! j'idolâtre Phaon.
Mais pourquoi m'étonner si mon âme éperdue
Cède aux transports brûlants que lui cause ta vue ?

Qui pourrait voir Phaon sans l'aimer comme moi !
Qui pourrait dédaigner de vivre sous sa loi !
En pleurs d'amour pour lui la matinale Aurore
Changerait la rosée ; et Cythérée encore,
Abandonnant des dieux le séjour immortel ,
Dans le cœur de Phaon placerait son autel.
Reviens, reviens, perfide ; ô toi, mon dieu, ma vie ,
Viens fermer la paupière à ta mourante amie :
Aie pitié des pleurs qui tombent de mes yeux ,
Tu peux, d'un seul regard, rendre mon sort heureux ;
Et s'il faut renoncer à ta vive tendresse,
Pour une fois encor partage mon ivresse.
Mais le vent insensible emporte mes soupirs
Et ne me laisse plus que d'impuissants désirs.....
Quoi ! lorsque tu partais ne pouvais-tu me dire :
(Tu redoutais, ingrat, mon amoureux délire !)
« Adieu, pauvre Sapho !... » Moment cruel, hélas !
Phaon, si j'ai des torts je ne les connais pas ;
J'ignorais ton dessein. Ton amante alarmée
N'apprit ta trahison que par la renommée.
Soudain, un voile épais se répand sur mes yeux,
Ma langue se refuse à supplier les dieux ;
Ce n'est que quand les pleurs inondent mon visage
Que de mon désespoir je me livre à la rage,
Furieuse, égarée, en proie à mes tourments,
Je me fais même horreur par mes gémissements.
Je voudrais me venger sur toute la nature
Et de ta perfidie et de ton imposture.

Je cours, et sans savoir où je porte mes pas,
Dans son antre infernal j'invoque le trépas:
De mes cheveux flottants les boucles séparées,
Mon sein que je meurtris et mes mains déchirées
Attestent le désordre et l'état de mon cœur;
Mais mon amour encor surpasse ma fureur.
Pour accuser ton nom, je compromets ma gloire.
Eh! que m'importe à moi l'orgueilleuse victoire
De nourrir en secret un amour combattu?
J'abandonne aux cœurs froids cette triste vertu.

Tu me fuis, mais partout j'entends ton doux langage,
Et le jour et la nuit je crois voir ton image.
Quand le sommeil trompeur, prévenant mes désirs,
Dans ma couche isolée amène les plaisirs,
Tu partages l'ardeur de ma brûlante ivresse :
Mon sein palpite alors d'amour et de tendresse.
De mon cœur enflammé tel est l'égarement,
Qu'il croit du tien encor sentir le battement,
Et de mes sens ravis tel est grand le délire,
Qu'à toi-même, Phaon, je rougis de le dire.
Tu me fuis! mais Morphée, oubliant ta rigueur,
Vient m'offrir des plaisirs la fugitive erreur.
Paraît soudain l'Aurore, et le songe s'envole.
Tout m'accable d'ennui, mais rien ne me console.
Je cherche le repos dans le fond des bosquets,
Témoins indifférents de mes sombres regrets.

Il fuit à mon aspect, et sa douce présence
Ne revient dans ce lieu qu'aussitôt mon absence.

Les larmes sur mon sein ont fixé mes cheveux ;
Rien ne peut tempérer la force de mes feux.
Tout, près de toi, Phaon, me paraissait aimable ;
Mais loin de mon amant tout m'est insupportable.

Souvent, seule et livrée à mes justes douleurs,
L'herbe où tu reposais s'humecte de mes pleurs ;
Le gazon amoureux reçoit mes tristes larmes,
Et fait naître des fleurs dont j'admire les charmes.
De mon amour trahi tel est l'aveuglement,
Que je baise les pas de mon perfide amant !
Mais, quand à mon chagrin je prête un doux langage,
A ma voix les oiseaux font cesser leur ramage ;
Les arbustes penchés laissent flétrir leurs fleurs,
Et tout dans la nature augmente mes douleurs.
Seule, la tourterelle, au chant de mon martyre,
Joint ses accents plaintifs aux accords de ma lyre.
Une jeune naïade au milieu des roseaux,
Dans ce réduit obscur laisse couler ses eaux.
Un jour que le sommeil venait de m'y surprendre,
Sa voix enchanteresse à moi se fit entendre :
« Fuis, Sapho, me dit-elle ; à Leucade aisément
» Tu pourras mettre un terme à ton cruel tourment.
» Promets de suivre en tout mon avis salutaire,
» Et crains de prononcer un serment téméraire.

» Le vieux Deucalion du haut de ce rocher
» Sut trouver le repos qu'il venait y chercher ;
» Il invoqua les dieux, et la nymphe cruelle
» Brûla, mais sans espoir, d'une flamme éternelle :
» Sapho, va comme lui te jeter dans les flots. »
Elle dit, et se tait. Je m'éveille à ces mots ;
Les yeux fixés sur l'onde aussitôt je m'écrie :
« O nymphe de ce lieu par mes pleurs attendrie,
» Je suivrai ton conseil, reçois-en le serment ;
» Mais que les dieux vengeurs épargnent mon amant.
» Oui, je saurai braver une mort si terrible ;
» Moins que sa perfidie elle me semble horrible.
» Peut-être que l'Amour, touché de mon malheur,
» Étendra son bandeau pour m'en cacher l'horreur. »

Mais pourquoi ces projets que dans mon cœur j'enferme,
Quand ton retour, Phaon, pourrait y mettre un terme ?
Si les dieux apaisés pouvaient te rappeler,
Ce n'est pas à Leucade où j'irais immoler.
Mais ce rocher fatal et presque inaccessible,
Encor moins que ton cœur me paraît insensible.

Que diront nos neveux quand, pleurant sur mon sort,
Ils se raconteront mon amour et ma mort ?
Éloigné de Sapho, dans ta joie inhumaine
Tu te fais un plaisir de prolonger sa peine.
Quoi ! tu peux préférer voir mon sein palpitant
Sur des rochers affreux étendu tout sanglant ;

Plutôt que de mourir sur ce cœur qui t'adore ?
Tu n'as jamais aimé ! je t'idolâtre encore !...

O nymphes de Lesbos, ivre de volupté,
Je ne chanterai plus le plaisir, la beauté :
L'ingrat Phaon a fui l'amour de son amante ;
Mon luth est suspendu, ma voix est expirante.
Hélas ! j'ai tout perdu, les talents, la raison ;
Mais ramenez-le-moi, ramenez-moi Phaon :
Vous m'entendrez soudain, cédant à mon délire,
De chants harmonieux accompagner ma lyre.

Que dis-je, hélas ! l'ingrat ne pense plus à moi ;
Maintenant il dédaigne et méprise ma foi ;
Et le vent, insensible à ma peine cruelle,
Éloigne de Lesbos son navire infidèle.

Mais si votre dessein était de revenir,
Pourquoi tarder, Phaon ? Mes tourments vont finir.
A son ennui mortel bientôt Sapho succombe :
Le chagrin lentement me plonge dans la tombe ;
Neptune vous protège, et l'Amour vous attend
Pour donner le signal et commander au vent.

Enfin, si mes soupirs ne touchent plus ton âme,
Si tu te plais toujours à mépriser ma flamme,
Par pitié de Sapho daigne fixer le sort,
Ose signer, ingrat, ton parjure et ma mort.

Pour éteindre l'ardeur dans mon sang allumée,
Ne crains pas les transports d'une amante alarmée ;
De Leucade aussitôt je gravirai les monts,
Sans peur je franchirai les abîmes profonds,
Et, prenant pour tombeau l'empire de Neptune,
Sapho, pour mettre un terme à sa vive infortune,
Saura braver le sort et le destin jaloux :
S'il faut vivre sans toi, mourir me semble doux.

9 782013 755580